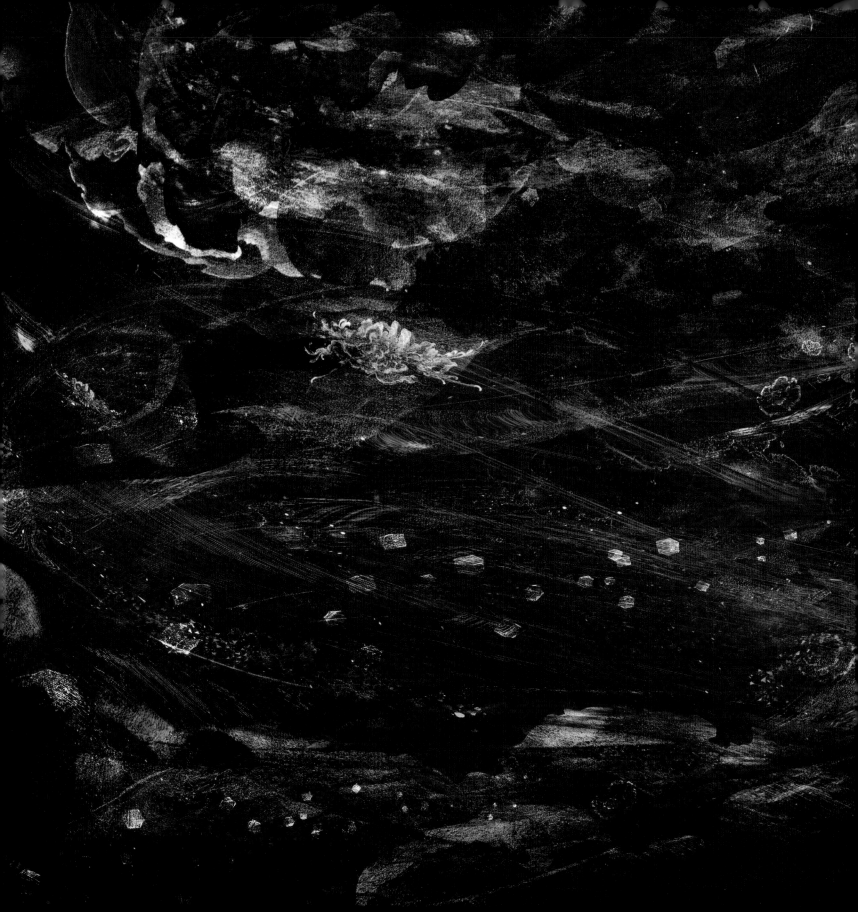

原初傳説
The Legend of Cosmos

羯梵
Jie Van

灰飛煙滅後的世界，我緩緩甦醒。
只見幽暗一片映入眼簾，混沌未明。

好奇地四處張望著。
悠游在這難以言喻的輕安之中。

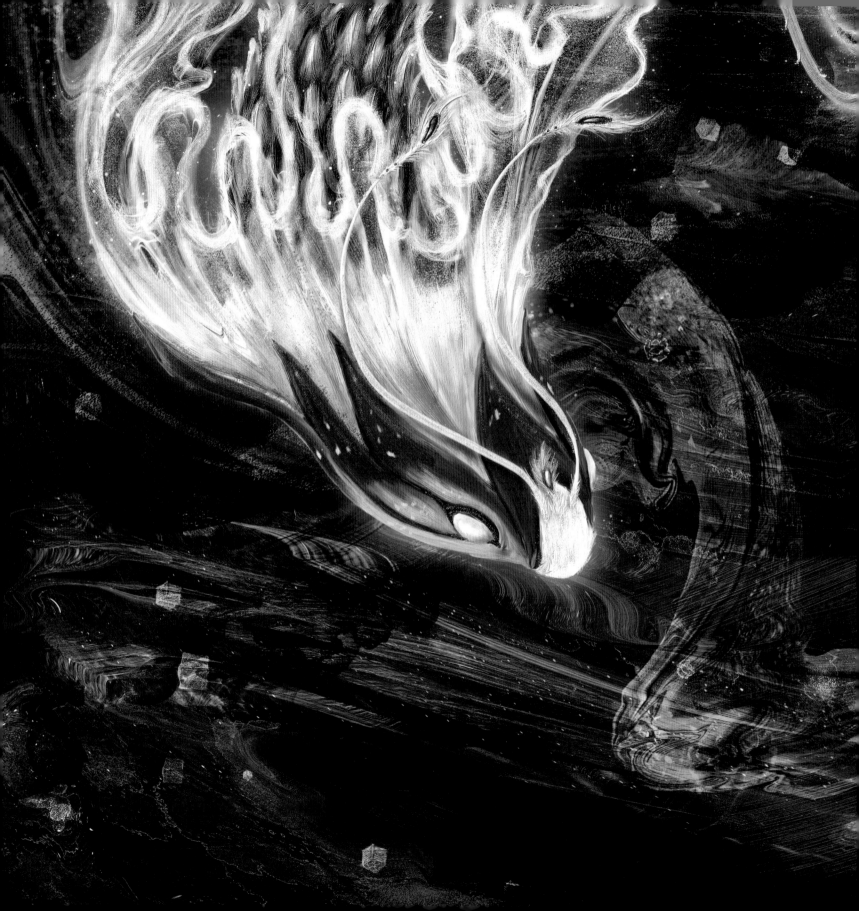

蓦然，有股熟悉的暗香流動。

依循著香氣，飛向那發出微光的繁華之處。

順著光線，找到最明亮的那朵。

好奇探看，有個人兒沉睡其中。

似乎感受到環境氣息的變化，那人兒悠悠醒轉。
視線交集的瞬間，似曾相識的感覺湧現。

祂伸出手，帶我飛出這片繁華。

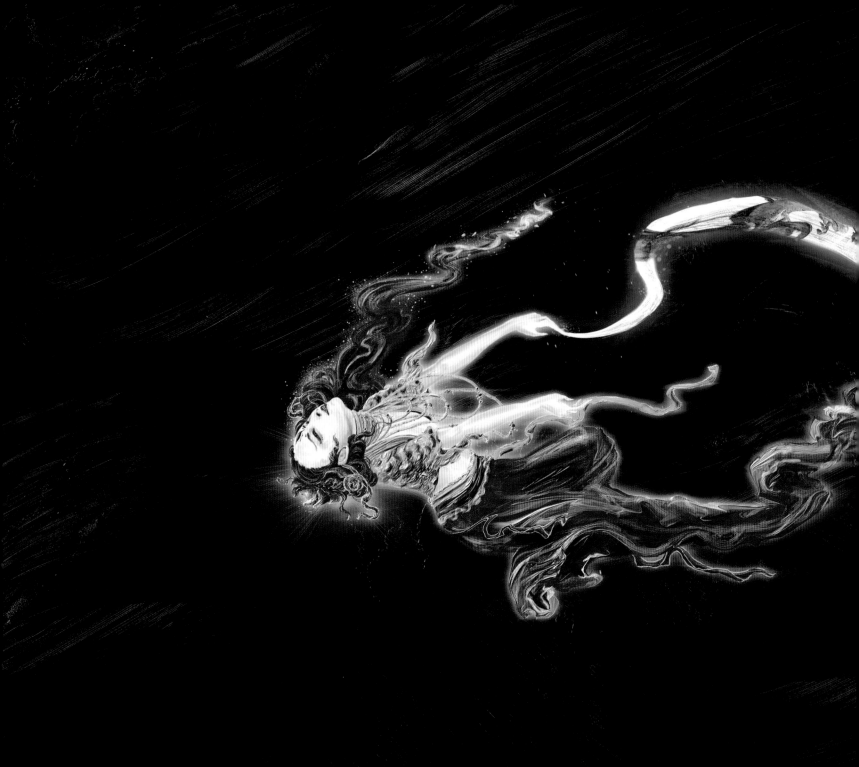

穿梭於無邊無際的空間，來到那最幽暗之處。
祂一抬手，劃開了一道通往新世界的門扉。

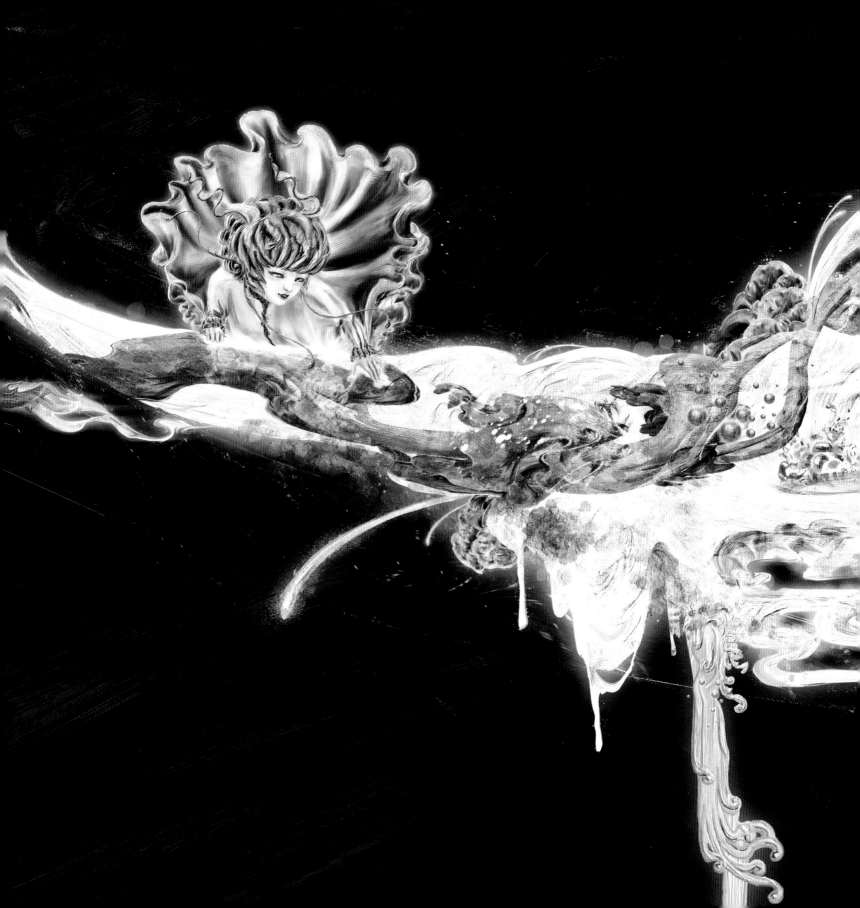

隨著那道光明漸漸擴散，
因應而生的是，名為「美好」的存在。

所有的美好一一化現而出，
這片新世界的主人也隨之茁壯。

此際卻不知怎的，深深的疲憊感也隨之襲來。
祂讓我睡在花苞幻化而成的宮殿中。

原以為稍事休息即可恢復，
卻因無以名狀的困頓感而怎樣也無法清醒，
一旁照看的祂似乎也察覺到不對勁。

抱起我飛向尚未被光明掩蓋的混沌之處，
一面阻絕持續擴張的新世界。

感覺自己的身體逐漸變回原形，
脫離祂的手中。

墜落。

小心翼翼地捧起虛弱的我，
祂輕聲訴說。
但此時卻漸漸無法聽見…

新世界的光明逐漸驅散混沌的黑暗。
最後別離的時刻終將來臨。

再次重逢卻又再次離別，光與闇註定平行。

於是放手，而我終歸幽寂之處。

灰飛煙滅後的世界，我緩緩甦醒。
依稀記得，曾有個繽紛的夢…。

後記

【原初傳說】是描述存在於宇宙間兩種狀態的擬人化幻想故事。
"原初"一詞的概念取自於埃及創世神話中，世界形成前的原初之水。

本篇以"生存於混沌中的生物"視角為出發點，見證創世前半段的過程；故事中的兩個角色代表相生相剋的自然循環，藉以描述生命一種必然卻無奈的關係。

當世界再次回歸混沌，究竟這段期間有什麼變化？希望之後能再以新世主的視角來創作新世界形成之後的興盛與幻滅。

最後，感謝所有與此書相遇的人。

羯梵

5月15日生 苗栗大湖人
風格奇幻華麗，喜歡探究神秘幽玄的領域作為創作題材。
目前致力於插畫與動畫藝術創作。

個人網站:
http://jievan.weebly.com/

原初傳說 .The Legend of Cosmos.

作 者 羯梵 (Jie Van)	ISBN 978-986-89073-1-7
監 修 OTARU.C	出版日期 2013年4月初版
文字編修 Chou Chih Yu (Natsumi)	定 價 350元
出 版 者 華文自資出版平台・集夢坊	
印 行 者 華文自資出版平台	郵撥帳號 50017206采舍國際有限公司（郵撥購買，請另付一成郵資）
出版總監 歐綾纖	全球華文國際市場總代理 采舍國際 www.silkbook.com
副總編輯 陳雅貞	地址 新北市中和區中山路2段366巷10號3樓
責任編輯 蔡秋萍	電話 (02)8245-8786	傳真 (02)8245-8718

台灣出版中心 新北市中和區中山路2段366巷10號10樓

電話 (02)2248-7896 | 傳真 (02)2248-7758